Y e

24376

L'IMPROMPTU
DU
CŒUR.

ODE.

SUIVI

D'UN DISCOURS ADRESSÉ

A LA

NATION;

Sur l'Inauguration de la Statue du
Prince immortel, digne Objet de
son Admiration & de son Amour.

A BRUXELLES, chez ÆE. De Bel, Impri-
meur-Libraire, *Marché au Bois.*

L'IMPROMPTU

D U

CŒUR.

O D E.

Où ſuis-je!... quelle douce yvreſſe
S'empare aujourd'hui de mes ſens?...
L'Air au loin répéte ſans ceſſe
Les plus chers, les plus doux accents!...
Tout s'émeut, tout ſemble renaître,
Et c'eſt à qui fera paroître.

L'IMPROMPTU

Plus de respect & plus d'amour !...
Charme Divin, heureux délire,
Comment pourrai-je vous décrire,
Et peindre ce fortuné jour ?...

Des plaisirs la troupe charmante,
Vient se-fixer en ces beaux lieux !...
A sa suite, aimable & brillante,
Je vois voler les Ris, les Jeux !...
Quel Dieu défcendroit fur la terre ?
Quel nouveau Soleil nous éclaire ?
Pour qui ces Palmes & ces Fleurs ?
Serois-ce toi Divine *Aftrée* ?...
Viens-tu de *Saturne* & de *Rhée*
Ramener les temps enchanteurs ?...

C'eft plus !... pouvais-je me méprendre
A ces tranfports fi raviffants ?
Quel autre que CHARLES-ALEXANDRE,
Mérite un auffi pur encens ?
C'eft à fa *Candeur* inéfable
Que je vois un Peuple innombrable

Elever par-tout des Autels!...
Des mains de la Reconnoiſſance
CHARLES, reçois la récompance
Due à ſes travaux immortels.

※

Ouvrons les faſtes de l'hiſtoire!...
Dès la plus haute antiquité
Quel HEROS, acquit plus de gloire ;
J'ajoute, de célébrité ?...
Quel, a montré plus de courage
Dans ces champs affreux de carnage
Où *la Mort* régne avec fureur ?...
Mais voilons ces temps lamentables,
Ces temps à jamais déteſtables ;
Ne ſentons que notre bonheur.

※

La Diſcorde éteint ſon tonnèrre !
Touché de nos Vœux affidus,
Le Ciel, enfin, nous rend un Pére
Dans notre HEROS... peut-être plus !...
A ſa voix bientôt l'abondance
Banniſſant la pâle indigence,

Fixe notre félicité:
Tout ressent sa magnificence;
Tout éprouve sa bienfaisance,
Son grand Cœur, son *Urbanité.*

Les Arts qu'il cultive lui-même
Renaissent tous avec splendeur!...
Celui qu'inventa *Triptolème,*
Montre la plus noble vigueur!...
Nos Vaisseaux en bravant *Eole,*
Portent de l'un à l'autre Pôle,
Les fruits brillants de nos travaux!...
Tout prend une nouvelle vie,
Et nous égalons l'industrie
De nos voisins, de nos rivaux.

C'est à toi, Prince incomparable,
Que nous rapportons nos succès;
Ils font le prix inestimable
De tes efforts, de tes bienfaits.
Titus!... Antonin!... Marc-Aurèle!...
Il eut été votre modèle!...

Comme à vous, la Postérité
Offrant ses vertus pour exemples,
Lui dressera par-tout des temples
Dignes de l'immortalité.

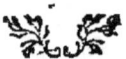

Noble & Sublime *Aréopage*,
O vous Illustres *Sénateurs* ;
Ce monument est votre ouvrage,
Comme il l'est aussi de nos cœurs !...
Par lui, nos transports, notre hommage
Passera jusqu'au dernier âge :
Sur le Marbre on lira ces Vers.
„Charles *le plus digne des Princes,*
„*Fit le bonheur de nos Provinces,*
„*Et fut l'Amour de l'Univers.*

DISCOURS

ADRESSE'

A LA

NATION;

*Sur l'Inauguration de la Statue du Prince immortel,
digne Objet de son admiration & de son amour.*

QUEL Spectateur de ce jour heureux pourroit être insensible aux transports de joie qui rétentissent de toutes parts?... quelle âme n'en feroit point emue, attendrie, pénétrée? une multitude innombrable de voix se font entendre!... la reconnoissance, le respect & l'amour produisent cet entousiasme ravissant, & ces *élans* du cœur, le plus bel hommage sans doute, qui peut être offert au meilleur, comme au plus univerfellement adoré de tous les Princes.

On a vu de pareilles *Apothéofes*, n'être exécutées que par une adulation baffe & fervile de la part de quelques Peuples; d'autres n'ont été entreprifes que par des vues particuliéres au temps, aux circonftances, aux lieux!... trèspeu ont été ordonnées par le Vœu unanime & libre, *d'une Nation* éclairée, brave & généreufe.

Ce témoignage immortel du fentiment qui pénétre aujourd'hui nos cœurs, devoit néceffairement être le prix du bonheur dont jouiffent tous les Citoyens fous le Gouvernement (à jamais célébre) de *Son Alteffe Royale le Duc* CHARLES - ALEXANDRE *de Lorraine & de Bar*, &c. &c. &c... Mais fa Magnanimité, fa Bienfaifance, écrite d'un caraÎére de feu au fond de toutes les âmes, affure l'éternité de fa gloire plus majeftueufement, plus durablément encore, que l'airain & le marbre, qui doivent tranfmettre aux races futures, fes Vertus auguftes, & notre reconnoiffance.

Entourons de guirlandes de fleurs, ce Mo-

nument de notre amour : que le tonnerre de
la guerre, que les trophées fanglans de la vic-
toire n'y paroiffent, que pour nous rappeller
le courage brillant de notre HEROS ; & que *les
Palmes* de la félicité publique, en foient le
principal ornement.

. Quel habitant du monde n'applaudit point,
ne partage point même le délire qui nous ani-
me tous aujourd'hui ? ... dans quel endroit
de l'univers habité, pourroit-on ignorer les
Vertus inéfables de CHARLES ?... Son appli-
cation conftante à nous rendre heureux ; fes
foins prodigués fur toutes les branches de fon
Adminiftration ; l'exemple d'une Religion pure,
agiffante, élairée ; nombre d'Etabliffements précieux élevés, formés fous fes aufpices & fou-
tenus par fes bienfaits !... par lui, l'*Agricul-
ture* encouragée, offre dans toutes nos Provinces, fes richeffes inapréciables ; le *Commerce* ac-
quiert de nouvelles branches, de nouveaux dé-
bouchés, de nouvelles forces, & ne connoît
plus de bornes, que celles impofées aux Mers
qui criconfcrivent le globe !... nombre de *Ma-*

nufactures s'établissent & disputent déjà de mérite, même de supériorité, avec celles de nos Voisins!... nos Villes s'accroissent, se peuplent & s'embellissent!... les *Sciences* se cultivent & se répandent de proche en proche; enfin les *Arts* utiles, comme ceux d'agrément, prennent tous une extension, qui dépose de la Protection que CHARLES leur accorde: il les cultive lui-même avec succès; & Juge aussi magnanime qu'éclairé, il encourage de sa voix, il comble de ses bienfaits, les efforts heureux de tout génie utile & méritant.

Heureuses les Nations sur lesquelles régnent des Maîtres semblables au HEROS que nous nommons tous *notre Bienfaiteur & notre Pere!*.. heureux les Princes, qui, à l'exemple de CHARLES, ne cessent de Captiver les Vœux & l'admiration de leurs Peuples, & qui, comme lui, méritent si bien d'en être *adorés!*...

Valeureux, sinceres & bons *Flamands*, jouissez de toute la plénitude de votre bonheur; il étoit dû à votre antique & célébre attache-

ment pour vos Souverains. Cet Amour, a redou-
blé fans doute dans vos cœurs, du jour où vous
reçûtes les Loix de l'*Incomparable* MARIE-THE-
RESE!... Toute la Terre ne ceffe de contem-
pler à genoux, fes Vertus éminentes & fubli-
mes ; & de jaloufer votre conftante félicité :
tous les Peuples inftruits de la haute Célébrité
de JOSEPH II. regrétent que fon Sceptre ne do-
mine point fur tout l'Univers connu.

Quelle douceur, quelle aménité; que de jours
de bénédictions & de paix, ne vous promet pas
ce rejetton précieux du plus illuftre & du plus
beau Sang du monde!... fon âme, dans laquelle vous découvrez tous les jours de nouveaux
charmes, de nouveaux mérites, va recevoir encore de CHARLES, les impreffions les plus heu-
reufes! Formé par fon exemple dans le grand
art de régner, & plus encore dans celui de ne
faire que des heureux; vos enfans (ô *Nation* que
j'aime & dans laquelle je me plais de me trou-
ver) vos enfans, dis-je, lui devront un jour, le
même hommage que vous rendez aujourd'hui
aux Vertus de CHARLES *le parfaitement aimé.*

Répandons des fleurs fur les pas de ceux, qui les premiers, conçurent le projet de ce tribut éclatant de zéle & de gratitude nationale!... Le Marbre & l'Airain qu'ils confacrent au triomphe de CHARLES, immortalifent autant la fublimité de leur génie, que leurs foins éclairés pour la fplendeur & le bonheur de la Patrie.

Cédons tous aux tranfports de joie qui nous animent, & que mille chants d'allégreffe s'élancent de toutes parts dans les airs!... puiffent-ils peindre aux Siécles les plus reculés, l'âme célefte du HEROS que nous célébrons, que nous adorons tous!... Enfin que tous les cœurs lifent au pied de ce Monument indeftructible de fa gloire :

A la valeur fublime d'*Alexandre*,
CHARLES, joignit la Candeur de *Titus!*
Et le nombre de fes Vertus,
Ne peut s'exprimer, ni fe rendre.

Imprimi poteft. Actum Bruxellis, hâc 29. 9bris 1774. G. J. DE LIMPENS, Conf. & Proc. Gen.

www.ingramcontent.com/pod-product-compliance
Lightning Source LLC
Chambersburg PA
CBHW061445170626
46811CB00005B/2379